생텍쥐베리가 빠뜨리고 간 어린왕자

생텍쥐베리가 빠뜨리고 간 어린왕자

김현태

징검다리

누구나 다 처음엔 어린아이였다

- 생텍쥐베리-

간절히 원하면 이루어진다 라는 말을 나는 굳게 믿는다
어린왕자를 내가 만날 수 있었던 건 그만큼 어린 왕자를

간절히 그리워했기 때문일 것이다

누군가의 마음을 왈칵 잡아당기는 마력은 아마 '간절함'으
로 부터 오는가 보다

나는 여태 살아오면서 단 하루라도 생텍쥐베리의 어린 왕자
를 손에서 뗀 적이 없었다

"밥 묵을 때는 밥 묵는 것만 신경쓰그라"
하시는 어머니의 말씀에도 아랑곳하지 않고
나는 늘 밥상머리에서 어린 왕자를 먹곤 했다

"막둥아! 그 놈의 책은 밥 묵고 보드랑게?"

"엄니, 배가 부른디!"

"한 숟갈도 안 먹었짜녀, 근디 뭐가 부르단 말여?"

"진짜루, 배 부르당게!"

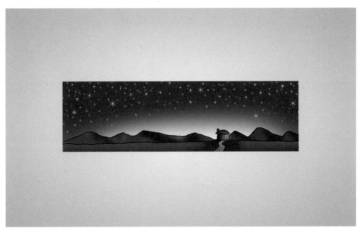

어린 왕자를 찾아 떠나는 나의 여행은 시작되었다.

참으로 이상한 일이다

분명 먹은 건 하나도 없는데 왜 자꾸 배가 불러왔던 걸까?

그건 분명, 이상한 일이었다

하지만 나는 그 마술과도 같은 현상을

단 한 번도 의심하지 않았다

돌아가신 아버지의 말씀이 생각났기 때문이었다

"고로, 사람은 꿈을 먹고 사는 거여"

먹지 않아도 배가 불렀던 까닭은

아마, 밥 대신 꿈을 먹었기 때문이 아닐까?

어린 왕자를 꼭 한 번 만나보겠다는 맹랑한 꿈,
그 꿈 하나가 가난한 시절, 나의 허기를 채워주었고
시간을 멈추게 하였다
그리고 그 꿈 하나가 정말 현실로 다가왔던 것이다

그가 내 곁에 온 건 지난 가을, 마을 뒷동산에서이다
나무의자에 앉아 허공에 머무는 낙엽과 함께 어린 왕자를
7백 57번째 읽고 있을 때였다
어린 왕자를 만나면 꼭 편지하라는 생텍쥐베리의 당부
를 마음에 다시 한 번 새기려는 순간, 그리 낯설지 않은 작
은 목소리가 귓불을 살짝 건드렸다

"당신이었군요 그렇게도 당신이 나를 간절히 불렀던 거군요"

"······어— 어— 어··· 리—인··· 왕— 자님···"

바로 어린 왕자였다

자그마한 키에 기나긴 망토, 얇은 막대기와 깜찍한 왕관,

그리고 한없이 해맑은 웃음조각…

분명 어린 왕자였다 그렇게 어린 왕자는 내게로 왔다

사실 그 당시만 해도 나는 의심의 끄나풀을 놓을 수가 없었다

내 옆에 앉아 있는 어린 왕자의 존재를 차마,

믿을 수가 없었기 때문이었다

'어찌, 이럴 수가 있다냐… 설마…'

어벙벙한 표정을 감추지 못하고 있는 나에게

어린 왕자는 손을 내밀었다

"의심하지 마세요 당신의 '순수' 를 의심하지 마세요"

어린 왕자의 말을 듣는 순간, 의심의 불꽃은 금세 누그러졌다

어린 왕자가 내 곁에 있다는 것만으로도

내 영혼이 얼음처럼 맑아졌다

어린 왕자와 함께 온 바람친구는 인사대신 허공에

떠 있던 낙엽과 나를 나무의자에 앉혔다

나, 낙엽, 바람은 나란히 나무의자에 앉아
세상 한 모퉁이의 풍경이 되었다
그리고 우리들은 한참 후에, 어린 왕자가
가리키는 손끝을 따라가 보았다

기러기 떼를 지나 구름 저편으로 보이는
아주 작고 희미한 별 하나가 보였다
우리들은 턱을 괜 채 사라질 듯
아슬아슬한 별을 멍하니 바라보았다

꿈은 혼자 꾸는 것이 아니에요 이렇게 함께 꾸는 것이에요

어린 왕자는 이 말을 나지막이 속삭이며
우리들을 자신의 여행길로 초대했다

나, 낙엽, 바람은 나란히 나무의자에 앉아 세상 한 모퉁이의 풍경이 되었다

*

어린 왕자가 처음으로 도착한 별은
다른 별에 비해 유난히도 작았다
너무 작은 탓에 그 흔한 나무의자도
그리고 옹달샘도 머물 자리가 없었다
별에는 늙은 부부가 살고 있었다
그저 두 사람만으로도
별 전체는 빈 틈도 없이 꽉 찼다

어린 왕자는

오른 엄지 발가락 하나로
힘겹게 서 있었다
힘겨웠지만 달리 방법이 없었다
너무나 비좁았기 때문이었다

어린 왕자가 처음으로 도착한 별은 다른 별에 비해 유난히도 작았다

어린 왕자는 이마의 땀을 쓸며 할아버지에게 말을 걸었다
"할아버지, 너무 답답해요 이 곳은 너무 비좁아요"

"뭐가 그렇다는 거지?"
할아버지는 대수롭지 않은 듯 퉁명스럽게 대답했다
"손님이 와도 엉덩이를 붙일 틈도 없잖아요
엄지 발가락으로 지탱하기가 너무 힘들어요"
어린 왕자가 말했다
"몸 전체를 지탱하기는 아마 힘들 거야
하지만 영혼을 지탱하기엔 엄지 발가락이면 충분하지
난 당신의 맑고 순수한 영혼만 초대했거든"
할아버지가 말했다

'나도 저렇게 늙었으면 좋겠다' 하고 어린 왕자는 혼자 중얼거렸다

"혹시, 다른 별로 이사할 생각은 없었나요? 좀 더 넓은 곳으로요"

어린 왕자는 가벼운 마음으로 물었다

이번에는 할머니가 대답했다

"비록 좁지만 이 안엔 큰 사랑이 있어요

어쩌다 우리 부부가 서로 싸우는 날이 있어도 곧 화해를 하지요

…왜 그런지 아세요? 싸워도 서로 등 돌릴 틈조차 없기 때문이죠"

'나도 저렇게 사랑했으면 좋겠다' 하고 어린 왕자는 속으로 중얼거렸다

*

"**꿈**이 있어요?"
어린 왕자는 낙엽 위에 누운 나에게 대뜸 물었다

"**꿈?** 꿈이 없는 사람이 어디 있니?"
나는 거침없이 내뱉었다

"꿈이 있어요?"
어린 왕자는 낙엽을 입술에 갖다대며 나에게 다시 물었다

"꿈? 꿈이 없는 사람도 있나…"

"꿈이 있어요?"
어린 왕자는 나에게 또다시 물었다

"꿈? 꿈이 없는… 사람도…"
"꿈이 있어요?"
어린 왕자는 따지듯 나에게 다시 한 번 물었다

'꿈… 꿈…
이제 봤더니… 뭐… 뭐… 뭐였더라… 내 꿈?…'
나는 갑자기 호주머니에 손을 쑤셔 넣었다
문득, 무엇인가 잃어버린 듯한 느낌이 들었기 때문이었다

내 어깨는 나도 모르게 서서히 배꼽까지 녹아 내려갔다
한참 후에, 힘을 잃은 나에게 어린 왕자는 무언가를 내밀었다
그건 작고 하찮은 돌멩이였다

"자, 꿈 받아요!
꿈은 자꾸자꾸 새로운 걸 꾸는 게 아니라
단 하루라도 원래의 꿈을 망각하지 않는 거예요
다음부턴 이것 잊지 마세요 아셨죠?"

꿈은 자꾸자꾸 새로운 걸 꾸는 게 아니라
단 하루라도 원래의 꿈을 망각하지 않는 거예요

*

어린 왕자는
바람별에 들렀다
순식간에 거친 바람이
별 전체를 지저분하게 만들었다
버드나무 수 십 그루는 뿌리 채 뽑혔고
지붕은 양탄자처럼 이리저리 날려 다녔다

어린 왕자는 바람별에 들렀다

"바람님, 무슨 일이시죠? 무엇이 당신 안에서 괴롭히나요?"

"바람님, 제발 살포시 오세요"
옷깃을 세운 어린 왕자는 발을 동동 구르며 바람을 향해 소리쳤다

그러나 바람은 대꾸도 하지 않았다
그저, 험악한 인상을 앞세우며 더욱 세차게 덤벼들 뿐이었다

어린 왕자의 어깨 너머로 고아가 된 수 백장의 잎사귀들이 날리고 있었다
어린 왕자는 안타까운 마음으로 바람을 향해 또다시 소리를 날려보냈다

"바람님, 무슨 일이시죠?
무엇이 당신 안에서 괴롭히나요?"

어린 왕자의 진심 어린 마음을 읽었는지 바람은 속도를 멈추고 서서히 입을 열기 시작했다

"…살포시 지나간다면 아무도 날 기억하지 못할 거야!

다른 이들에게 내 존재를 인식시키고 싶어 그래서 거칠게 불었던 거야"

어린 왕자는 옹달샘처럼 맑은 음성으로 바람에게 말했다

"바람님, 굳이 거칠게 오지 않아도 돼요

사람들은 이미 당신을 잘 아는걸요

산사의 처마밑에 걸린 풍경이 소릴 낼 때마다 당신을 생각한답니다"

"날 이미 알고 있었다고!

…풍경소리? 그렇게 작고 조용하게 온 걸 가지고…"

바람은 의아한 듯 머리를 긁적이며 말했다

"작고 조용한 건 더 오래 기억된답니다

거친 건 모든 걸 지울 뿐 누군가의 영혼으로는 스며들 수가 없어요 영혼으로 가는 통로는 아주 가느다랗고 고요하거든요"

어린 왕자가 말했다

작고 조용한 건 더 오래 기억된답니다

바람은 머리를 긁적이며 고개를 끄덕였다

그리고는 허리를 굽힌 채 열 손가락을 입술에 갖다대며

정말이지, 아무도 모르게 사뿐사뿐 다른 곳으로 흘러갔다

*

꽃게와 함께 어린 왕자는 갈매기를 기다렸다
그러나 오늘도 갈매기는 오지 않았다
벌써 열흘 째!

"언제쯤 갈매기는 돌아오는 걸까?"
어린 왕자는 갯벌에 쪼그려 앉아 꽃게에게 물었다
"… …"
꽃게는 그저 눈물만 흘릴 뿐 아무 말이 없었다

"꽃게야, 분명 갈매기는 올거야 기운 내!"
어린 왕자는 눈물 범벅이 된 꽃게가 안쓰러웠다

"흐~흑 갈매기는 다신 오지 않을 거야
…못난 나 때문이야"
꽃게는 슬픔에 못이겨 그만 나무가 쓰러지듯 천천히 쓰러졌다

그렇게 한참, 햇님이 달님이 되고 달님이 다시 별님을 부를 때 꽃게는 깨어났다

"이제야 정신을 차렸구나!"
어린 왕자는 꽃게의 이마에 맺힌 땀을 조심스레 닦았다

"언제쯤 **갈매기**는 돌아오는 걸까?"

꽃게는 기운을 차렸는지 갈매기와 있었던 얘기를 자세히 들려주었다

"나와 갈매기는 무척 사랑하는 사이였어 갈매기는 늘 나에

게 바다 깊숙한 곳에서 얻은 어여쁜 해초 반지도, 그리고 저 높

은 곳에서 딴 별 목걸이도 선물로 주곤 했어"

"그런데 왜 갈매기는 지금 네 곁에 없지?"
어린 왕자는 고개를 내밀며 물었다

"나 때문이야 내가 갈매기를 힘들게 만들었거든"

"그렇게 생각하지 마!
꽃게 너 때문에 갈매기는 분명 행복했을 거야"

"난 어느 순간부터 갈매기와 어울리지 않는다는 생각을 하
게 됐어
　갈매기에겐 아름다운 날개가 있고 피부도 눈송이처럼 맑
고 투명한데 나에겐 날개는 커녕 제대로 걷지도 못해 늘 옆
으로 뒤뚱뒤뚱 걷잖아
　더군다나 온 몸은 잔뜩 흙투성이인데다가…
　……흐~흑 내가 헤어지자고 했어 사실 그럴 용기도 없으
면서 말이야 그래서 갈-매-기-가 날 떠났어 흐~흑"

"분명 떠난 게 아닐 거야!
너의 아픔을 함께 할 수 없었던 자신이 미웠을지도 몰라
그래서 잠시 자릴 피했던 것일 거야"
어린 왕자는 강한 신념으로 말했다

"어린 왕자님! 갈매기는 올까? …난 내가 정말 미워"
꽃게는 고개를 푹 숙이며 맥없이 말했다
"사랑은 자신으로부터 출발하는 거야
자신을 미워하는 자가 어찌 다른 이를 사랑할 수 있겠니?"
어린 왕자는 고개를 내저으며 말했다
꽃게와 어린 왕자는 파도방울에
기다리는 마음을 실어 수평선 너머로 날려보냈다

"저 노을이 수평선에 묻히면 분명 갈매기는 올거야
너의 마음이 저 노을이란 걸 갈매기도 알 테니까"
어린 왕자는 바다처럼 포근하게 말했다

"어린 왕자님 노을이 점점 녹고 있어요"

"어린 왕자님 노을이 점점 녹고 있어요"

그 때였다

노을과 수평선이 하나의 선이 되는 그 순간, 저 멀리서 퍼 덕거리는 날개소리가 들려 왔다

바로 갈매기였다

"저길 봐! 저길 봐!
갈매기가 돌아오고 있어!"

꽃게는 발을 동동 구르며 기뻐했다

그런데…

갈매기의 모습이 왠지 이상했다

파도방울에 몸의 절반 이상이 잠긴 채 날아오는 것이었다

그것도 중심을 잃은 채 삐뚤삐뚤…

"갈매기가 왜 그러지?"

꽃게는 마음이 바빠졌다

갈매기는 제 속도를 감당하지 못하고 그만 갯벌에 코를 처박고 말았다

그다지 아름다운 착륙은 아니었다

언제나 부드럽고 사뿐하게 착륙을 했었는데 엉성한 모습은 처음이었다

갈매기는 금세 진흙투성이가 되었다

"왜 그래? 왜 그래? 갈매기야~ 왜~?"

눈물을 왈칵, 쏟으며 꽃게는 절규했다

**"미안해! 꽃게야!
많이 기다렸지?"**

갈매기는 애써 미소를 지으며 말했다

"무슨 일이야 네 모양이 왜 그래?

…아니야 내가 미안해… 정말 미안해…"

꽃게는 더 이상 말을 잇지 못했다

"울지마 꽃게야… 자 봐! 내 모습을

이제 나도 너처럼 제대로 걸을 수 없어 그리고 자 봐! 흙

투성이지?

…이제 됐지? …한 쪽 날개를 잘라 버렸거든"

갈매기는 아무렇지도 않은 듯 말했다

꽃게는 헉헉거리며 주저앉고 말았다

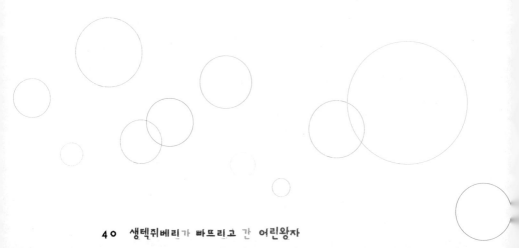

"왜그래? 왜그래? 갈매기야~ 왜~ ?"

"…꽃게야, 난 괜찮아
너와 같아질 수만 있다면 내 모든 걸 버릴 수도 있어"
갈매기는 한 쪽 날개로 꽃게를 포근하게 감싸 안았다

꽃게, 어린 왕자, 그리고 갈매기는
그 후로 오랫동안 아무 말도 하지 않았다
노을이 사라진
깊고 숭고한 바다,
그 사랑의 울림을 그저 바라볼 뿐이었다

노을이 사라진 깊고 숭고한 바다, 그 사랑의 울림을 그저 바라볼 뿐이었다

*

"이거 받아요"
어린 왕자가 파란 하모니카를 내게 내밀었다

"… …"

"가져요! 당신에게 주고 싶어요"

"난 너에게 줄 것이 하나도 없는데…"

"괜찮아요 이걸 당신이 가지면 그 아저씨도 참 좋아하실 겁니다"

"아저씨? …어떤 아저씨?"

어린 왕자는 눈을 지그시 감으며 소혹성 B612에서
있었던 일을 이야기해 주었다

"내가 바오밥 나무 그늘에서 잠시 쉬고 있을 때였죠
어디선가 정겨운 하모니카 소리가
밀물처럼 슬쩍 밀려왔어요
바로 그 아저씨가 내 별에 찾아왔던 거죠"

"왜 널 찾아온 거지?"

난 고개를 내밀며 물었다

"그건 저도 잘 모르죠 하모니카 아저씨는 아무 말씀도 없
었거든요
…아저씨는 날 위해 매일 하모니카를 불어주셨어요
그런데 어느 날, 갑자기 떠나버렸죠"

"왜 떠난 거지?"

"그건 저도 잘 모르죠 하모니카 아저씨는 아무 말씀도 없
었거든요
…그런데 며칠 후, 바오밥나무 뒤편에서 하모니카를 발견했
어요 쪽지편지와 함께 말이에요"

어린왕자님께

언젠가 당신은
이 하모니카 소리를 그리워하는 아이를
만날 겁니다
그 아이에게 꼭 전해 주세요
　　　　　　　　- 썬그라스 아저씨

■ "자, 받아요! ■

■ 어린왕자가 하모니카를 다시 내밀었다 ■

■ "어린 왕자님, 이 하모니카를 받을 수 없어 ■

■ 난 그 아저씨가 찾는 아이가 아니잖아 ■

■ 더군다나 내 턱 좀 봐! ■

■ 이렇게 거친 수염들이 땅바닥을 향하고 있잖아" ■

■ 나는 머리를 흔들며 말했다 ■

■ "아닙니다 ■

■ 당신일 겁니다 전 믿어요 느낌을요" ■

■ 어린 왕자가 말했다 ■

■ "느낌? 그건 보이지 않잖아" ■

■ 나는 말했다 ■

"**느낌**은 보이지 않기에 더욱 믿어야 하는 거죠
만약 **사랑**이 보인다면 서로 간의 **믿음**이 무슨 필요가 있
겠어요?"
어린 왕자는 말했다
"하지만… 이 하모니카가 잘못 전해진다면 썬그라스 아저
씨는 분명 서운해 하실텐데"

"아이가 어른이 된다고 해서 모든 것이 변하는 건 아니에요
변하고 싶지 않은 것, 변해선 안될 것! 그게 분명 있죠 그
걸 당신은 가지고 있어요"
어린 왕자가 말했다

"그게 뭐죠? …그게 내가 하모니카를 갖는 것과 무슨 상관
이 있지?"
나는 따지듯 말했다

"느낌은 보이지 않기에 더욱 믿어야 하는 거죠
만약 사랑이 보인다면 서로 간의 믿음이 무슨 필요가 있겠어요?"

"……"

그러나 어린 왕자는 그저 헤헤 웃을 뿐
입술을 포갠 채 아무 말도 하지 않았다
그렇게 한참… 구름 하나 지나가고
또 구름 하나가 지나가고 구름 하나 또…
마지막 구름조각 하나가
머리맡으로 지나가려는 순간,
어린 왕자가 대뜸 나에게 말했다
"한 번 그 하모니카를 불어보세요"

어린 왕자의 손짓에 답하기라도 하듯
난 하모니카를 입술에 갖다 댔다
파르르 떨리는 입술에 맞물려 하모니카 소리가
자장가보다 더 고요히 물결치기 시작했다

어린 왕자는 아름다운 하모니카 소리를
담아내려고 양 귀를 가운데로 모았다

'바로 이 소리야!
내가 제대로 찾아 온 거야!'
어린 왕자는 속으로 중얼거렸다

*

하모니카 소리는어느새, 커버린 나를 어린나로 만들어버렸다

난 초등학교 5학년 때까지 세상에서 가장 큰 차를 타고 다녔다

차창 밖으로는 파란 눈과 빨간 눈이 이따금씩 손을 흔들어댔고 키다리 전봇대 아저씨는 늘 환한 모습으로 나를 내려다보았다

아빠는 버스 기사였다
아빠는 버스 대장이었다
그런 아빠가 늘 자랑스러웠다

우리 마을에서, 아니 다른 마을까지 합해도 우리 차만큼 큰 차는 없었기 때문이었다

난 종종 세상에서 가장 큰 차를 탔다

친구들과 운동장에서 야구를 하는 것보다 세상에서 가장 큰 차를 타는 것이 10배는 더 즐거웠다

가장 큰 차를 타게 되면 가장 앞 좌석에 파묻혀 아빠의 등만 바라보거나 간혹, 거울을 통해 아빠의 썬그라스를 보는 것이 전부였지만 그래도 행복했다

세상에서 가장 **큰 차**를 **탄다**는 것!
그건 세상 어떤 것을 다 준다해도
어떤 행복과도 바꿀 수 없었다

"**우**리 막둥이, 지금 당장 어디 가고 싶으냐?"
어느 날, 아빠는 썬그라스 너머로 나에게 물어왔다

"**어**… 어… 지금? 어딜 가지? …없는디
압찌는 어디 가고 싶은디 있나?"

"아니다 아녀…"
아빠는 그냥, 말끝을 흐리고 말았다
그러더니 잠시 후에, 개미가 기어가듯 작은 목소리로 이
어 말했다
"그리도… 막둥아! 어디 가고 싶은디 없냐?
뭐… 가까운 바닷가라도…"

세상에서 가장 큰 차를 탄다는 것!
그건 세상 어떤 것을 다 준다해도 어떤 행복과도 바꿀 수 없었다

난 고개를 내저으며 말했다

"없는디, 난 이 버스가 가장 좋은디…

…참, 가고 싶어도 갈 수가 없짠여! 다음 정류장에서 손님이
기다리잖여!"

"흐흐… 그렇구나 손님이 기다리지?

우리 막둥이 참 똑똑허네

…**다**음에 커서 니는 아빠보다 **훨**씬 더 **큰** 세상에서
살아야 헌다 알았제?"

아빠는 쓴웃음을 보이며 말했다

'큰 세상? 아빠 버스가 가장 큰디…'

하고 나는 속으로 중얼거렸다

…

…

…

…

지 금   돌 이 켜   보 면 , 아 마 도

아빠는 일탈을 꿈꾸고 있었는지도 모르겠다

매일 같은 길을 가야만 하는 단조로움,

그 **단 조 로 움** 의   틀   밖 으 로   말 이 다

＊

"안녕"

어린 왕자가 말했다

"안녕"

바보꽃이 말했다

"안녕"

"넌 왜 이름이 바보니?"
어린 왕자가 물었다

"계절도 모르고 아무 때나 피거든
그래서 바보꽃이야"
바보꽃이 답했다

"바보꽃? 아니야 넌 아니야
계절도 모르고 힘없이 지는 꽃이 진짜 바보야
넌 아름다운 꽃이야"

"고맙다"

아름다운 꽃은 감사의 표시로 마지막 남은 꽃잎
하나를 옆구리에서 따 어린 왕자에게 내밀었다

어린 왕자는 양 손을 흔들며 말했다
"나에게 줄 필요없어! 아름다운 꽃아,
마지막 꽃잎이잖아 너의 마음으로도 충분해"

아름다운 꽃은 미소를 보이며 다시 한 번 꽃잎을 내밀었다
"자, 받아 너에게 주고 싶어"

"아프지 않니? 너의 몸의 일부를 나에게 떼어주다니…"
어린 왕자는 아름다운 꽃이 안쓰러웠다

아름다운 꽃은 오히려 더 환한 미소를 보이며 다시 말을 꺼냈다

"내가 가장 기쁠 때가 언제인지 넌 아니?

바로 지금 이 순간이야 사랑은 때론 아픔도 잊게 하거든"

'세상에 아름다운 바보가 더 많았으면 참 좋겠다'

하고 어린 왕자는 속으로 중얼거렸다

*

"안녕"

어린 왕자는 고개를 치켜들며 말했다

아무런 반응이 없었다

"안~녕"

어린 왕자는 다시 한 번 크게 소리쳤다

역시 이번에도 아무런 반응이 없었다

외딴 나무에 매달려 있는 목이 긴 사내는 그저 저 멀리 수평선만 바라보

고 있을 뿐이었다

어린 왕자는 나무를 흔들며 속삭였다

'나무야, 내 인사를 저 위에 있는 사람에게 전해주렴'

나무는 어린 왕자의 인사를 고이고이 가슴에 품고는 나뭇가지 사이를 비

집고 올라갔다

나무야, 내 인사를 저 위에 있는 사람에게 전해주렴

한참 후에, 저 위에서 목소리가 들려 왔다

"안~녀 ~엉"

목이 긴 사내의 목소리였다

'안녕' 이란 말을 듣는 순간, 어린 왕자는 행복했다

'안녕' 이란 말보다 더 행복한 말은 없기 때문이었다

" 이 별의 이름은 무엇이죠 ~ ? "

어 린 왕 자 가 물 었 다

" 기 다 림 의 별 이 야 "

목 이 긴 사 내 는 답 했 다

"당신은 그 높은 곳에서 무얼하고 있죠~?"
어린 왕자는 다시 소리쳤다

"기다리고 있어~"
목이 긴 사내도 소리쳤다

"무얼~ 뭘 기다리죠~?"
어린 왕자는 다시 입을 크게 벌렸다

"행~운을 언젠가 나에게 다가올 행운을~"
목이 긴 사내는 대답했다

"행운을 기다리는 아저씨~!
행운이 언제쯤이나 올지 갈매기에게 물어보세요"

"굳이 물어볼 필요가 없어!
그럼 '행운의 의미' 가 없어지잖아"

목이 긴 사내는 힘없이 내뱉었다

'행운의 의미' 어린 왕자는 그 말이

좀체로 이해가 가지 않았다

어린 왕자는 어깨를 들썩이며 그 별을 떠났다

'행운은 기다리는 자에겐 오지 않고

준비된 자에게만 오는 것인데'

하고 어린 왕자는 속으로 중얼거렸다

*

천사의 날개처럼 맑고 투명한 별, 하얀 별
그 곳은 하루도 빠짐없이 소복하게 눈이 내렸다
나뭇가지 뒤나 언덕에 핀 꽃봉오리나
포도 알갱이 사이에도 눈꽃이 피어났다

나뭇가지 뒤나 언덕에 핀 꽃봉오리
포도 알갱이 사이에도 눈꽃이 피어났다

빵모자를 쓴 노인은 매일 아침마다 눈꽃을 맞으며 눈을 쓸었다
어린 왕자가 하얀 발자국을 찍으며 이 별에 도착했을 때도 빵모자
노인은 어김없이 눈을 쓸고 있었다

"안녕하세요?"
어린 왕자는 손을 흔들며 말했다

"그래, 행복하단다"
빵모자 노인은 웃으며 답했다

"눈이 언제쯤 멈출 것 같나요?"
어린 왕자는 배시시 웃으며 말을 걸었다

"눈은 멈추지 않을 거야
아직도 꼬마들은 눈을 좋아하거든"
빵모자 노인도 배시시 웃으며 대답했다

"저 눈꽃들에게 처음이라는 느낌을 주려고 그러는 거야"
빵모자 노인은 떨어지고 있는 눈꽃을 바라보며 대답했다

처음이라는 느낌! 하고 어린 왕자는 속으로 중얼거
렸다
그리고는 물음표를 입에 물고 어린 왕자는 되물었다

"처음이라는 느낌이 무슨 뜻이죠?"

어느새 눈꽃은

어린 왕자의 콧잔등에도
그리고 빵모자 노인의 귓볼에도 다소곳이 내려 앉았다

빵모자 노인은 미소를 머금은 천사처럼 입을 열었다
"누구나 다 첫눈을 기다리지 그렇지?"

"예 모두들 첫눈을 기다리죠

첫눈은 천사의 선물과도 같은 거니까요"

어린 왕자가 대답했다

모두들 첫눈을 기다리죠
첫눈은 천사의 선물과도 같은 거니까요

빵모자 노인은 다시 허리를 굽히며 입을 열었다

"저 하늘에 있는 눈들도 마찬가지야

눈들 자신도 자기가 첫눈이 되길 원해

대지와의 첫 키스를 바라는 거지

그런 이유 때문에

나는 매 시간마다 쌓인 눈을 쓸고 있는 거란다"

"아, 지금 떨어지는 눈꽃들에게 '처음이라는 느낌'을 주시려고 쌓인 눈을 말끔히 없앴던 거군요"

어린 왕자는 천천히 고개를 끄덕거리며 다음 별을 향해 발가락을 내딛었다

'그래, 처음이란 누구에게나 소중해! 처음을 간직하게 해준 고마운 그 사람도…'

하고 어린 왕자는 속으로 중얼거렸다

*

어린 왕자가 다음으로 도착한 곳은 책으로 가득 찬 별이었다

창틀에도, 지붕 위에도, 나무 위에도 그리고 휴지통에도 온갖 책이 있었다

그 별에는 아침부터 저녁까지 책을 읽는 늙은 신사 한 분이 살고 있었다

"너 도 달 님 같은 존 재 가 되 거 라!"

어린 왕자를 보며 대뜸, 그가 입을 열었다

어린 왕자는 별을 한번 휘 둘러보았다
그처럼 아름다운 별은 본 적이 없었다
"할아버지는 달님을 꽤나 좋아하시는군요"

"그럼, 달님은 나에게 큰 도움을 주거든"

노인은 짧게 말했다

그리고 계속해서 단호한 말투로 이어 말했다

"넌 햇님 같은 존재는 결코 되지 말거라!"

"왜 그렇죠?"
어린 왕자는 입술을 내밀며 물었다

"이 세상에 햇님이 왜 있어야 하는지 모르겠어!
햇님은 나에게 별 필요가 없거든"
노인은 얼굴을 찌푸리며 말했다

"햇님이 왜 필요가 없죠?
햇님도 달님만큼이나 소중하잖아요"
어린 왕자는 따지듯 물었다

노인은 머리 위의 햇님을 손가락질하며 신경질적으로
말했다

"햇님이 무슨 필요가 있니? 환한 대낮에 햇님이 무슨 필
요가 있어 달님을 봐라! 달님은 내가 책을 읽을 수 있도록
어두운 밤을 밝혀주잖니"

어린 왕자는 고개를 갸우뚱거렸다

그리고 그 별을 떠났다

'어른들은 참 이상해'

하고 어린 왕자는 속으로 중얼거렸다

*

날개 끝에 콧노래를 매단 나비 한 마리가 어린 왕자의 손
등에 흥겹게 내려앉았다

"안녕"
어린 왕자가 말했다

나비는 어린 왕자의 인사소리에 놀랐는지 엉덩이를 요
리조리 흔들며 날아올랐다
　한참 후에야 어린 왕자임을 알았는지 나비는 사뿐히 다시
내려앉았다
　"미안해요 어린 왕자님
　전 당신인 줄 미처 몰랐어요 꽃인 줄 알고 그만 날개를 접
었지 뭐예요"
　나비는 머리를 긁적이며 사과를 했다

"미안하긴요 오히려 행복한 걸요
저를 꽃송이로 여겨주시다니…"
어린 왕자의 얼굴은 꽃망울처럼 맑아졌다
　멀어져가는 나비를 보며 어린 왕자도 다음 별을 향해 발
걸음을 내딛었다

　'나의 향기가 누군가를 끌어당긴 후에도
오래 도록 머물게 했으면 좋겠 는데'
　하며 어린 왕자는 속으로 중얼거렸다

저를 꽃송이로 여겨주시다니…

*

종이배를 타고
어린 왕자가
바다를 횡단할 때
잠시
지친 몸을
맡길 수
있었던
곳은
다름 아닌
자그마한 섬이었다

잠시 지친 몸을 맡길 수 있었던 곳은 다름 아닌 자그마한 섬이었다

잠시 이곳에서 머물러도 되겠니?"

"안녕"
어린 왕자가 말했다

"안녕"
아기섬이 말했다

"잠시 이 곳에서 머물러도 되겠니?"
어린 왕자는 정중히 말했다

"물론이죠 언제까지라도 쉬세요
어린 왕자님을 위해 제가 이 곳에 떠있는걸요"
아기섬은 흔쾌히 허락했다

어린 왕자는 섬의 가장자리에 자신의 엉덩이를 걸쳤다
참으로 오랜 만의 휴식이었다 어린 왕자는 느긋한
마음으로 섬 주위를 훑어보았다
문득, 물음표 하나가 날치처럼 물위로 뛰어올랐다
섬 주위에는 아무 것도 없었다

"이 넓은 곳에 혼자 있으면 외롭지 않니?"
어린 왕자는 어깨 너머로 섬에게 정중히 물었다

"아뇨, 외롭지 않아요
저에겐 많은 친구가 있거든요"
아기섬은 자신있게 대답했다

어린 왕자는 고개를 두리번거렸다
그러나 역시, 아무 것도 보이지 않았다
그저 저 멀리서 달려드는 파도방울이 전부였다

"친구가 어디있지? 내 눈에는 보이지 않아"
어린 왕자는 눈을 비비며 말했다

"진정한 친구는 앞에 있는 게 아니에요

늘 그늘진 곳에 숨어 있죠

저 노을처럼 그저 배경으로 말이에요"

아기섬은 부자처럼 넉넉하게 대답했다

"나에게도 보여줘
너의 친구들이 보고 싶어"
어린 왕자는 고개를 갸우뚱거리며 재촉했다

아기섬은 턱 끝으로 발 밑을 가리키며 입을 열었다
"자, 아래를 봐요! 보이나요?
물밑에 있는 저 수 천 마리의 물고기 말이에요
모두다 나의 친구죠"

제가 거센 파도에 휩쓸려 떠내려가지 않도록 저 물고기들이
물방울을 수평선 너머로 밀어내고 있거든요

어린 왕자는 아기섬의 말을 이해할 수 없다는 듯 고개를 쭉
내밀었다

아기섬은 계속해서 말을 이었다
"저 물고기들 덕분에 제가 어린 왕자님에게 휴식처
가 될 수 있는 거예요
제가 거센 파도에 휩쓸려 떠내려가지 않도록 저 물고기들
이 물방울을 수평선 너머로 밀어내고 있거든요"

어린 왕자는 왠지 아기섬이 부러웠다

하지만 한편으로는 부자가 된 듯 가슴이 흐뭇했다

'내 가슴에는 물고기가 몇 마리나 살까?'

하고 어린 왕자는 중얼거리며

다른 별을 향해 종이배를 띄웠다

＊

"아~안녕"
어디선가 목소리가 들려왔다
약간은 우울한 소리였다

어린 왕자는 반딧불처럼 눈을 깜박이며 뒤돌아 봤다
허름한 옷을 입은 허수아비였다

"어린 왕자님, 가을하늘이 참 파랗죠?"
그는 밀짚모자를 벗으며 인사했다

"그렇군요 참 파랗네요"
어린 왕자는 찢어진 허수아비의 밀짚모자를 통해 하늘을
올려다보았다
그리고는 이어 말했다
"허수아비님, 왜 가을하늘이 파란 줄 아세요?"

"왜 그렇지? 왜 그럴까?"
허수아비는 새끼 손가락을 빨며 생각했다

"허수아비님, 왜 가을하늘이 파란 줄 아세요?"

"할미새 때문이에요

가을하늘이 파란 이유는 할미새 때문이에요

가을하늘 겨드랑이에서 할미새가 쉴새없이

꼬리를 흔들어대니까 그만, 가을하늘이

파란 웃음보를 터뜨렸지 뭐예요"

어린 왕자는 피식, 웃으며 말했다

"아, 그렇군요 할미새가 가을을 부른 것이

군요"

허수아비는 어두운 얼굴로 고개를 끄덕이며 말했다

그리고는 갑자기 아랫입술을 내밀며 힘없이 말했다

"어린 왕자님, 저… 저… 전 힘들어요"

어린 왕자는 눈이 휘둥그레졌다
"왜 그래요? 뭐가 당신을 힘들게 해요?"

"…그 …그리움…"
허수아비는 말끝을 흐렸다

"그리움? 그리움이 뭐죠?"
"비가 오거나 눈이 내리면 눈물부터 나는 거죠"

"아, 그렇군요 저도 가끔씩 눈물이 나는데
그럼 저도 그리운 거군요"

"그럴 거예요 누구에게나 다 그리움은 있으니까요"
허수아비는 조용히 말했다

"그런데 그리움이란 건 어디서부터 오는 것이죠?"
어린 왕자는 눈을 둥그렇게 뜨며 물었다

"…사랑이죠 누군가를 사랑하면 밀물처럼 자연스럽게 밀려오는 거예요"

"아, 아 그렇군요
그럼, 허수아비님은 누군가를 사랑하고 있는 거군요!"

" 왜그래요?뭐가 당신을 힘들게해요?"
"… 그…그리움…"

허 수아비는 한동안 아무 말도 하지 않았다

그리고 한참 후에, 고해성사라도 하듯 **진지한 표정**
으로 입을 열었다

"그래요… 전 언제부턴가 제 가슴은 설레임으로 가득했어요

어느 날, 그는 하늘을 들었다, 놨다 하며 나에게로 다가
왔죠"

어린 왕자는 궁금했다
'과연, 허수아비님이 사랑하는 대상은 누구일까?'
물음표를 생각 끝에 달았다
하지만 답은 그리 쉽게 나오지 않았다

"저기 와요! 저기 오고 있어요!"
갑자기 허수아비가 크게 소리쳤다

어린 왕자의 눈은 허수아비의 손가락 끝을 따라갔다

저 멀리서 자그마한 물체가 날아오고 있었다

바로 참새였다

"오고 있어요 저에게 오고 있어요

어린 왕자님, 제-제-제 밀짚모자 어-어-어때요?

삐딱하지 않나요?

제 얼굴은요? 너무 거칠지 않나요?"

허수아비는 안절부절, 어쩔줄 몰라했다

잠시 후에, 참새가 가까이 날아왔다

하지만 참새는 허수아비 곁을 맴돌 뿐 내려앉지는 않았다

그러더니 휙, 허수아비의 주위를 한 바퀴 돌더니

다른 곳을 향해 다시 비상하였다

어린 왕자는 급히 허수아비의 표정을 살펴보았다

그렇게 밝지만은 않았다

"저… 저… 허수아비님, 왜 참새는 당신에게 인사도 없이
그냥, 가는 거죠?
당신이 간절히 기다렸잖아요 그런데 왜 인사도 없이…"
어린 왕자는 정중히 물었다

"서로, 우린 서로 사랑하기 때문이에요 서
로 사랑하기 때문에…"

"서로 사랑한다면서 왜 함께 하지 않는 거죠?
왜 완성하지 않는 거죠?"

"상처를 주지 않으려는 배려예요 우리의 사랑법이죠"

어린 왕자는 머리를 긁적거렸다

도무지 이해가 가지 않았다

허수아비는 담담한 표정으로 입을 열었다

"모든 인연이 다 이루어지는 건 아니에요

참새와 나의 관계처럼…

그저, 서로에게 간이역만으로도 족한 사랑이 있는 거죠"

'인연을 맺는다는 것, 사랑을 한다는 것이 때론 가슴 아픈 일이구나'
하며 어린 왕자는 속으로 중얼거렸다

어린왕자는 허수아비의 말을 듣는 순간,
자신도 모르게 왈칵 눈물이 났다

더 이상 그 별에 있을 수가 없었다 그래서 그 별을 떠났다

'인연을 맺는다는 것, 사랑을 한다는 것이

때론 가슴아픈 일이구나'

하며 어린 왕자는 속으로 중얼거렸다

*

오늘이 다혜 생일인디

나는 하루 종일 맘이 무거웠다
오늘이 바로 같은 반 여자친구인 다혜의
생일날이기 때문이었다
하교 길에 다혜에게 생일 파티 초대장을 받았다
그래서 지금 고민 중이다
선물을 준비해야 하지만 선물을 살 돈이 없다

HAPPY BIRTHDAY!

우리집은 참으로 가난했다

아빠가 버스 기사를 하기 전까지 말이다

물론 처음부터 가난한 것은 아니었다

아빠가 만화가게를 할 때는 그래도 가게에 딸린 방에 가족이 함께 모여 맘 편히 누울 자리가 있었는데 그 가게에 불이 나는 바람에 우리집은 하루 아침에 텅 빈 마음이 되었다

그래서 초등학교 2학년 겨울 방학 때, 달동네로 이사 오게 되었다

아빠는 하루 아침에 실업자가 되었고 그 충격에 엄마마저
병이 들어 하루종일 누워 계셨다

나는 새벽에 신문을 돌렸다

엄마 병원비라도 보탤 요량이었지만 그 돈으로는 어림도
없었다

아빠도 일자리를 구하기 위해 이른 새벽녘에 서둘러 나가셨다

점점 일자리 구하기는 쉽지 않은 모양인지 아빠는 축 처
진 어깨를 하고 다시 집으로 돌아오기 일쑤였다

"막둥아, 오늘이 다혜 생일이라고 그랬제?"

"예 아빠"

"그런디 왜 그러고 있싼냐 얼릉 가봐야지"

"…아녀요 그냥, 아부지랑 엄니랑 같이 있을라요"

"그래도 가야제 초대까징 받았으믄서…"

나는 다혜의 초대장을 만지작거렸다

사실, 내 마음은 이미 다혜의 집에 가 있었다

고백하건대, 나는 다혜를 무지하게 좋아했다

나는 왠지 눈물이 날 것 같아서 서둘러 마당으로 나갔다

그리고는 작고 흰 봉투 안에 무언가를 넣고는

다혜의 집을 향해 마구 뛰어갔다

이미, 다혜 생일 파티에는 다른 아이들이 많이 참석했다

생일 케익에 촛불이 켜지고 점점 분위기는 고조되었다

다혜가 입술을 모으고 불을 끄는 순간,

아이들은 폭죽을 터뜨리며 박수를 쳤다

"자! 받아 인형이여"

"자! 난 동화책"

"난, 만년필이여 이거 비싼 줄 알제?"

"자, 가방이여 이쁘제?"

아이들은 하나 둘 준비해 온 선물을 다혜에게 전해줬다

"니는? 니는 다혜 선물 준비 안 했냐?"

나는 잠시 망설였다

그리고 잠시 후에 등 뒤에서 하얀 봉투를 다혜에게 내밀었다

아이들은 그 안에 무엇이 들었는지 몹시 궁금해 하는 눈치였다

"이게 뭐시다냐? 에게… 겨우 꽃씨 몇 개잖여?"

"겨우, 이것이 생일 선물이냐?"

옆에 있던 다른 아이들이 다들 한 마디씩 하며 놀렸다

나는 무척 부끄럽고 창피했지만
그렇다고 눈물을 흘리지는 않았다
다혜의 손바닥 위에 봉숭아 꽃씨를 올려 놓으며
나는 한 마디 한 마디 똑바로 말했다

"다혜야, 생일 축하혀 큰 선물 준비 못해서 미안혀!
하지만 이게 내 마음이여…
내일 아니, 모레 쯤이면 곧 내 마음이 보일 거여"

다혜는 나를 보고 환하게 웃어 주었다

다혜가 내 마음을 읽었던 걸까?
그 꽃씨는
사랑이자
희망이었다는
사실을…

*

저 멀리 언덕빼기에서
우체부 아저씨가 무거운 가방을 어깨에 메고
다가오고 있었다

어린 왕자는 우체부 아저씨를 보는 순간, 왠지 가슴이 설레었다 혹여, 자신에게도 누군가가 편지를 보냈을지도 모른다는 기대감 때문이었다

"안녕하세요?"
어린 왕자가 고개를 꾸벅 숙였다

"안녕하세요 어린 왕자님"
우체부 아저씨가 모자를 벗으며 정중히 인사했다

"…혹시, 저에게 온 마음 한 조각 없나요?"
어린 왕자는 아랫입술을 떨며 상기된 얼굴로 물었다 우체부 아저씨는 가방 속에 손을 넣어 찾기 시작했다
한참을 찾아봤는데도 어린 왕자에게 온 편지는 없었다

우체부 아저씨는 괜히 어린 왕자에게 미안했던지,
　주머니에 있는 우표 한장을 몰래 꺼내 자신의 이마에
붙였다

"자, 편지 왔습니다
왕자님에게 배달된 편지는 바로 접니다"

"히히… 우체부 아저씨, 전 괜찮아요 아무렇지도 않아요
　아저씨의 모자가 언덕빼기에서 덩실덩실 춤추며 올라올
때부터 이미 전 즐거웠는 걸요"
　어린 왕자는 해당화처럼 해맑게 웃으며 말했다

우체부 아저씨도 환하게 웃으며 오른쪽 어깨에 걸린
편지가방을 다시 올려 멨다

"아저씨, 가방이 너무 무거워 보여요!
이렇게 눈까지 쌓여 길이 미끄러운데…
오늘은 하루 쉬시는 게 어떨까요?"
어린 왕자는 걱정스런 표정으로 말했다

우체부 아저씨는 고개를 저으며 입술을 떼었다
"저도 가끔은 그런 생각을 한답니다
이 편지들을 우체통에 다 넣어 버릴까?
하지만 결국 그 일은 제 일인걸요
제가 할 소중한 일이거든요"

어린 왕자는 고개를 끄덕였다
"이렇게 눈이 무릎까지 쌓였는데 어디로 가시는 거죠?"

우체부 아저씨는 저 멀리 보이는 산꼭대기를 손가락 끝으로 가리키며 말했다

"전 이보다 더 많은 눈이 와도 가야해요

저 산골에 사는 소녀에게 꽃편지를 전해줘야 되거든요

어린 왕자님, 귀 기울여 보세요 그리움엔 다 소리가 있어요

산골 소녀의 가슴 뛰는 소리가 들리지 않나요?"

어린 왕자는 전봇대 보다 높게 귀를 쫑긋 세웠다

그리고 눈 덮인 산을 향해 귀를 열었다

아우웅, 곰이 하품하는 소리
퍼드득, 꿩이 날개짓하는 소리
껌벅, 개구리가 눈 깜박이는 소리
그리고 콩당콩당, 산골 소녀가 동구 밖에 서서 발을
동동 구르는 소리가 들려 왔다

어린 왕자는 세상에서 가장 아름다운 소리들을
소복소복 눈이 쌓이듯 마음 한 켠에 고이 고이 간직하였다 그리고 우체부 아저씨와 함께 어린 왕자는 자신의 내면 속의 그리움 소리를 듣기 위해 겨울산에 엄지 발가락을 조심스레 내밀었다

'어린 왕자야, 너는 지금 누구를 향해 가니?'
마치 누군가가 말하는 것처럼 마음속 그리움 소리가 어린 왕자에게 똑똑똑, 노크를 했다

어린 왕자는 물음표를 코끝에 달고는 아무 말도 하지 않았다 그냥, 그대로 눈길에 흔적을 남기며 겨울산이 되고 말았다

*

"도와주세요 도와주세요"

마가레트 꽃잎은 길섶을 지나가는 어린 왕자를 향해 소리
쳤다

"아… 마가레트 꽃잎님, 안녕하세요 무슨 일이죠?"
어린 왕자는 까치발을 딛고 턱 끝을 올리며 말했다

"어린 왕자님, 저도 자유롭고 싶어요

아래 보이는 저 물줄기처럼 저도 넓은 세상으로
가고 싶어요
바다로 가고 싶단 말이에요"

마가레트 꽃잎은 양 볼을 부풀리며 불만 섞인 말투로 말
했다
"마가레트 꽃잎님, 제가 어떻게 해야 하나요?"
어린 왕자는 머리를 긁적이며 말했다

" **와** ! 움직인다! **자유**다!"

"저를 나뭇가지에서 벗어나게 해주세요
나뭇가지는 제 삶의 방해꾼이랍니다
저를 자기 안에 구속시키려고 해요"

어린 왕자는 고개를 흔들며 말했다
"아닐 겁니다 나뭇가지는 당신의 친구입니다"

마가레트 꽃잎은 어린 왕자의 말을 들으려 하지 않았다
계속해서 자신을 나뭇가지에서 벗어나게 해주길
어린 왕자에게 주장만 했다

어린 왕자는 어쩔 수 없이 마가레트 꽃잎의 바람을 들어주기로 했다

그래서 나뭇가지에서 마가레트 꽃잎을 떼어냈다

그리고는 흐르는 물줄기 위에 꽃잎을 조심스레 올려 놓았다

" 와 ! 움 직 인 다   자 유 다 !"

마가레트 꽃잎은 물장구를 치며 목이 터져라 환호 했다

그런데 채 몇 미터 가지 않았는데 물줄기와의 여행은 그만 끝나고 말았다

더군다나 어디선가 심한 악취가 모락모락 올라오고 있었다

마가레트 꽃잎은 손가락으로 코를 틀어막으며 급히 물줄기에게 따지듯 물었다

"물줄기야, 왜 흐르지 않는 거지? 왜?
그리고 이건 무슨 냄새지? 도대체 어떻게 된 거니?"

"이 곳은 웅덩이랍니다 고여 있는 썩은 물이죠
그래서 이렇게 악취가…"
물줄기는 말을 다 잇지 못하고 그만 죽고 말았다

다급해진 마가레트 꽃잎은 어린 왕자를 찾기 시작했다
"어린 왕자님, 도와주세요!
저는 이제 어떻게 해야 하죠?
제 바다가 죽고 말았어요"

어린 왕자는 안타까운 듯 윗입술을 올리며 말했다
"모든 물이 다 바다로 가는 건 아니랍니다 그리고 당신
의 바다는 죽지 않았어요 자유는 한 평도 되지 않는 자신의
마음 속에 있어요 바다는 당신 안에 있어요"

"자유는 한 평도 되지 않는 마음 속에 있다고? 바다가 내
안에?
아냐, 그건 거짓말이야!
어린 왕자님도 봤겠지만 저는 뿌리와 나뭇가지의 속박 속
에서 살고 있었잖아요!"
마가레트 꽃잎은 고개를 흔들며 소리쳤다

어린 왕자는 마지막으로 또박또박 말했다

"땅에서부터 시작하여 뿌리를 지나 나뭇가지를 지나 꽃잎까지 그렇게 자유는 늘 공평하게 흐르고 있었어요

당신이 느끼지 못했을 뿐이죠 어서 돌아가세요

뿌리도 나뭇가지도 당신을 애타게 기다릴 겁니다

당신이 없으면 이 세상은 흐르지 않아요"

'내가 없으면 이 세상이 멈춘다고?'

마가레트 꽃잎은 고개를 갸우뚱거리며 다시 물줄기를 거슬러 올라가기 시작했다

어린 왕자는 마가레트 꽃잎이 혼자의 힘으로 다시 땅으로부터 뿌리, 그리고 나뭇가지 끝에 매달리는 그 날을 간절히 기약하며 또 다른 길을 향해 떠났다

*

    어린 왕자는 아무 것도 존재하지 않는 텅 빈 들판을 여행하다가 지평선에 걸친 나무 한 그루를 발견했다

"안~녕 나무님~!"
    어린 왕자는 너무나 반가워 발을 동동 구르며 나무를 향해 소리쳤다

"……"

"나무님~ 여기예요! 저, 왔어요!"

"……"

나무는 양 볼을 풍선처럼 부풀리고는 아무 말도 하지 않았다

'왜 그럴까?'
어린 왕자는 고개를 갸우뚱거렸다

"나무님, 왜 그러세요?
제가 잘못한 거라도 있나요?"
어린 왕자는 고개를 치켜들며 말했다

그러나 나무는 입술만 내밀 뿐 눈빛을 마주치려 하지 않
았다

나무가 이토록 통명스러운 이유는 다름이 아니라, 밤낮으
로 혼자서 들판을 지켜야 하기에 이미 외로움에 지친 까닭
이었다

"어린 왕자님, 왜 저는 혼자여야만 하죠?
저는 친구 하나도 없어요"
나무는 입술을 길게 내빼며 통명스럽게 말했다

나무는 갑자기 새끼 발가락이 뜨거워짐을 느꼈다

"나무님은 혼자가 아닐 겁니다"

어린 왕자는 나무를 위로해 주었다

   그러나 사실, 나무의 주위를 살펴보니 아무 것도 보이지 않았다

그런데 그 때였다

나무는 갑자기 새끼 발가락이 뜨거워짐을 느꼈다

너무나 끔찍한 일이 벌어진 것이다

   누가 저지른 일인지는 모르겠지만 들판 저 끝에서 불길이 치솟고 있었다

   불은 어찌나 발걸음이 빠른지 금세 나무의 밑동까지 오고 말았다

   어린 왕자와 나무는 몸을 이리저리 뒹굴며 불을 끄려고 안간힘을 썼지만 역부족이었다

'어쩌지, 어쩌지, 이러다 이대로 재가 되는 건 아닐까?'

   어린 왕자와 나무는 발을 동동 구르며 끝내는 눈물을 흘리고 말았다

그런데 갑자기 나무의 머리 위로 물방울이 하나 뚝, 하고 떨어졌다

그러더니 이내 곧 굵고 곧은 빗줄기가 들판 전체에 가난없이 내리기 시작했다

'때마침 비라니...'

나무는 너무나 기뻤다

그렇게 사납던 불은 순식간에 비에 젖은 새앙쥐마냥 맥없이 제자리에 주저 앉고 말았다

나무는 자신의 생명을 지켜준 하늘에게 감사기도를 하려고 하늘을 올려다 보았다

그런데 나무의 머리 위에 그리 낯설지 않은 구름 한 조각이 떠 있었다

그 구름은 바로 나무가 외로울 때마다 하늘을 올려다 보면 늘 자신의 주위에서 서성거리던 구름이었다

구름은 나무에게 인사를 하기 위해 자신의 몸에 묻은 물방울을 마지막으로 털어냈다

그리고 조심스럽게 입을 열었다

"안녕, 나무야!

네가 나를 올려볼 때마다 나도 너를 보았단다

말 한 마디 서로 건네진 않았지만 느낌이 통했다면 우린 이미 친구가 아니겠니?

친구야, 오늘 흠뻑 젖었지? 너를 만나려고 이렇게 난리를 쳤지 뭐니"

나무는 그만 눈물을 흘리고 말았다

나무와 구름의 만남을 유쾌해 하며 어린 왕자는 그 자리를 떠났다

'나무와 구름 사이엔 무엇이 있을까?'

어린 왕자는 마음 속에 되새기며 친구의 소중함을 다시 한 번 느꼈다

*

……어린 왕자를 만난 그 해 여름, 내내 앓아 누웠다

낙엽이 다 떨어진 가을 ……어린 왕자

그리고 낙엽이 다 떨어진 가을 끝물에서야 가
까스로 일어날 수 있었다

나는 알 수 없는 힘에 이끌려 옥탑방에 올라갔고 그 후로 줄곧 어린 왕자와의 만남을 글로 남기기 시작했다

그렇게 연필심이 수 십 자루 닳아가는 동안, 겨울이 찾아왔고 그 겨울은 다시 개나리에게 모든 걸 내주었다

때때로 어린 왕자가 다시 그리워질 때면 나는 그에게서 받은 하모니카를 불었고 어느새 사람과 사람의 입을 통해 어린 왕자 이야기는 알려졌으며 그 글을 읽은 사람들의 마음은 점점 맑고 순수해졌다

물론 지금도 나는
'간절히 원하면 이루어진다'
라는 말을 굳게 믿고 있다
그 간절함이 없었다면 이 세상에 이룰 수 있는 일이
과연 무엇이 있을까?

이 글을 읽는 당신도 원하거든 간절히 기원해 보라
그러면 어린 왕자가 그 선물을 갖고
당신에게로 찾아갈지도 모르니!
혹여, 당신 앞에 진짜로 어린 왕자가 나타난다면
당신의 순수를 의심하지 마세요

쌩떽쥐베리가 빠뜨리고 간 어린왕자

초판 발행 : 2002년 8월16일
초판 5쇄 발행 : 2002년 10월25일
지은이 : 김현태
펴낸이 : 박대용
편집 /기획 : 최선영 · 임혜란
일러스트 : 박광진

펴낸곳 : 징검다리
주소 : 서울시 마포구 합정동 426-1
전화 : 02)3143-1966 332-3880 / FAX : 02)3143-2757
E-mail : zinggumdari@hanmail.net
등록 : 1998년 4월 3일(제10-1574)
ISBN : 89-88246-41-1-03810